IRÈNE NÉMIROVSKY

EL BAILE

ALMA CLÁSICOS ILUSTRADOS

IRÈNE NÉMIROVSKY

EL BAILE

Traducción de Rubén Martín Giráldez

Ilustrado por
Bea Lozano

Título original: *Le Bal*

© de esta edición:
Editorial Alma
Anders Producciones S.L., 2024
www.editorialalma.com

  @almaeditorial

© de la traducción: Rubén Martín Giráldez

© de las ilustraciones: Bea Lozano

Diseño de la colección: lookatcia.com
Diseño de cubierta: lookatcia.com
Maquetación y revisión: LocTeam, S.L.

ISBN: 978-84-19599-57-5
Depósito legal: B-1130-2024

Impreso en España
Printed in Spain

Este libro contiene papel de color natural de alta calidad que no amarillea (deterioro por oxidación) con el paso del tiempo y proviene de bosques gestionados de manera sostenible.

I

La señora Kampf entró en la sala de estudios dando tal portazo que la araña de cristal resonó, y todos sus colgantes se agitaron por la corriente de aire, con un ruido puro y ligero de cascabeles. Pero Antoinette no dejó de leer, tan encorvada sobre su pupitre que su pelo tocaba la página. La madre la contempló un momento sin decir nada; luego se plantó delante de ella con los brazos cruzados delante del pecho.

—Podrías no hacerle caso omiso a tu madre cuando la ves, hija mía, ¿no? ¿Se te ha pegado el culo a la silla? Menuda distinción... ¿Dónde está la señorita Betty?

En la habitación contigua, el ruido de una máquina de coser marcaba el ritmo de una canción, un *What shall I do, what shall I do when you'll be gone away...* tarareado por una voz desmañada y fresca.

—Señorita —la llamó la señora Kampf—, venga aquí.

—*Yes, Mrs. Kampf.*

La inglesita apareció por la puerta entornada con las mejillas rojas, mirada alarmada y dulce y un moño de color miel recogido alrededor de su cabeza redonda.

—La contraté a usted para vigilar e instruir a mi hija, ¿verdad?, y no para que se cosa vestidos... —empezó con severidad la señora Kampf—. ¿Acaso Antoinette no sabe que tiene que levantarse cuando entra su madre?

—¡Ay! Ann-toinette, *how can you?* —dijo la miss con una especie de gorjeo entristecido.

Antoinette ahora estaba de pie y se balanceaba con torpeza sobre una pierna. Era una chica larguirucha y espigada de catorce años con la cara pálida típica de su edad, tan escasa en carnes que a ojos de los mayores parecía una mancha redonda y clara, sin rasgos, los párpados colgantes, ojerosos, una boquita cerrada... Catorce años, esos pechos que apuntaban bajo el uniforme estrecho de colegiala, lastimando y estorbando al cuerpo débil, infantil..., los pies grandes y aquellas largas flautas con manos rojas en los extremos, unos dedos manchados de tinta y que un día quién sabe si no serían los brazos más bellos del mundo..., una nuca frágil, melena corta, sin color, seca y ligera...

—Antoinette, ¿es que no entiendes que tus modales desesperan a cualquiera, pobre hija mía...? Siéntate. Ahora volveré a entrar y tú tendrás a bien ponerte en pie de inmediato, ¿entendido?

La señora Kampf retrocedió unos pasos y abrió la puerta por segunda vez. Antoinette se puso en pie con lentitud y una desidia evidente sobre la que su madre la interrogó enfadada apretando los labios con aire amenazador:

—¿Acaso molesto a la señorita, por casualidad?

—No, mamá —respondió Antoinette en un susurro.

—Entonces, ¿a qué viene esa cara?

Antoinette sonrió con una especie de esfuerzo cobarde y penoso que deformaba dolorosamente sus rasgos. A veces detestaba con tal fuerza a los mayores que le entraban ganas de matarlos, de desfigurarlos, o de gritar: «No, es que me tienes harta» dando un pisotón en el suelo; pero se había pasado toda la primera infancia temiendo a sus padres. Antes, cuando Antoinette era más pequeña, su madre se la ponía a menudo sobre las rodillas, contra el corazón, la acariciaba y la besaba. Pero eso se le había olvidado, mientras que había conservado en lo más profundo de su ser el sonido, las vociferaciones irritadas por encima de su cabeza, «esta pequeñaja, siempre pegada a mis faldas...», «¡me has vuelto a manchar el vestido con los zapatos sucios!», «¡lárgate a tu cuarto, así aprenderás, ¿me oyes?, ¡niñata imbécil!», y un día..., por primera vez, había querido morirse... en un rincón, en una calle, durante una escenita, esta frase

 8

enfurecida, proferida con tanta fuerza que los transeúntes se habían girado: «¿Quieres que te dé un guantazo? ¿Sí?», y el ardor de una bofetada... En plena calle... Tenía once años, era alta para su edad... Los transeúntes, los mayores, le daban igual... Pero en aquel mismo instante salían unos chicos del colegio y se habían reído al mirarla: «Caray, chavala...». ¡Ay!, aquellas risitas burlonas que la habían perseguido mientras continuaba caminando con la cabeza gacha por la calle negra de otoño... Las luces bailaban a través de sus lágrimas. «¿Dejas ya de lloriquear...? ¡Uf, menudo carácter! Cuando te castigo es por tu bien, ¿sabes? ¡Ah!, y además, te aconsejo que no me vuelvas a hacer enfadar...». Asco de gente... Y ahora aún se pasaban de la mañana a la noche «¿Qué manera es esa de coger el tenedor?» (delante del mayordomo, ya ves) o «Siéntate derecha. Por lo menos, que no parezca que estás chepada», para mortificarla, torturarla y humillarla expresamente. Tenía catorce años, era una muchacha, y una mujer amada y bella en sus sueños... Los hombres la acariciaban, la admiraban, como Andrea Sperelli acaricia a Elena y a María, o Julien de Suberceaux, Maud de Rouvre en los libros... El amor... Antoinette se estremecía. La señora Kampf concluyó:

—Y si te crees que pago a una inglesa para que tengas esos modales, te equivocas, mi niña... —En voz más baja, mientras le apartaba un mechón que le tapaba la frente a su hija—: Siempre te olvidas de que ahora somos ricas, Antoinette...

Se volvió hacia la inglesa:

—Miss, esta semana le voy a dar muchos recados... El 15 celebro un baile...

—Un baile —murmuró Antoinette, ojiplática.

—Pues sí —dijo la señora Kampf con una sonrisa—, un baile... —Observó a Antoinette con una expresión de orgullo, y luego señaló a la inglesa con un fruncimiento de ceño furtivo—. No le habrás dicho nada, espero.

—No, mamá, no —negó Antoinette con vehemencia.

Sabía de aquella preocupación constante de su madre. Al principio, cuando tenía dos años, cuando dejaron la vieja calle Favart después de aquella magistral operación bursátil de Alfred Kampf con la caída del franco y luego de la libra en 1926 que los hizo ricos, todas las mañanas llamaban a Antoinette al dormitorio de sus padres; su madre, todavía en la cama, se limaba las uñas; en el cuarto de baño contiguo, su padre, un judío bajito y enjuto de mirada intensa, se rasuraba, se lavaba, se vestía con aquella rapidez desaforada de sus gestos, que en su día le procuró el mote de Feuer entre sus camaradas, los judíos alemanes, en la Bolsa. Se había pasado años subiendo y bajando aquellos grandes escalones... Antoinette sabía que antes había trabajado en el Banco de París, y en un pasado aún más lejano fue el portero, con su librea azul... Un poco antes de nacer Antoinette, se había casado con su amante, la señorita Rosine, mecanógrafa del jefe. Durante once años vivieron en un apartamentito negro detrás del teatro de la Opéra-Comique. Antoinette se recordaba transcribiendo sus deberes por la noche en la mesa del comedor mientras la criada lavaba la vajilla con gran estruendo en la cocina y la señora Kampf leía novelas acodada bajo la lámpara, un volumen imponente en suspensión con un globo de cristal esmerilado donde brillaba el potente chorro del gas. A veces, la señora Kampf soltaba un profundo suspiro de irritación tan fuerte y brusco que hacía dar un salto en la silla a Antoinette. Kampf preguntaba: «¿Y ahora qué te pasa?», y Rosine contestaba: «Me pone mala pensar en la de gente que vive bien y es feliz mientras que yo paso los mejores años de mi vida en este sucio agujero remendándote los calcetines...».

Kampf se encogía de hombros sin decir nada. Entonces, de repente, Rosine se volvía hacia Antoinette. «¿Y tú qué haces escuchando? ¿Qué te importa a ti lo que hablan los mayores?», le gritaba malhumorada. Y remataba: «Que sí, hija mía, como esperes que tu padre vaya a hacer fortuna como promete desde que nos casamos ya te puedes sentar, antes criarán pelo las ranas... Te harás mayor y aquí seguirás, como tu pobre madre, esperando...». Y cuando pronunciaba la palabra «esperar», pasaba por sus rasgos duros, tensos, amargados, una expresión patética, profunda, que emocionaba a Antoinette a su pesar y a menudo la hacía ponerse de puntillas por instinto para besar el rostro materno.

«Mi pobre pequeñita», decía Rosine acariciándole la frente. Pero una vez exclamó: «¡Uf!, déjame en paz, me agobias; mira que llegas a ser cargante, tú también...», y Antoinette no le volvió a dar más besos que los que intercambian sin pensar padres e hijos por la mañana y por la noche, como el apretón de manos que se dan dos desconocidos.

Y luego un buen día se hicieron ricos, ella no acabó de comprender bien cómo. Se fueron a vivir a un enorme apartamento blanco y su madre se tiñó el pelo de un tono dorado a la última. Antoinette echó una mirada furtiva y temerosa hacia aquella cabellera resplandeciente que no reconocía.

—Antoinette —ordenaba la señora Kampf—, vamos a repasar un poco. ¿Qué respondes si te preguntan dónde vivíamos el año pasado?

—Estás tonta —decía Kampf desde la habitación contigua—. ¿Quién quieres que le pregunte a la niña? No conoce a nadie.

—Sé muy bien lo que digo —contestaba la señora Kampf levantando la voz—. ¿Y los criados?

—Como la vea intercambiar una sola palabra con los criados, se las verá conmigo, ¿te enteras, Antoinette? Ella sabe que tiene que estar callada y aprender sus lecciones, eso y nada más. Tampoco le pedimos gran cosa… —Y volviéndose hacia su mujer—: No es imbécil, ¿sabes?

Pero, en cuanto él se marchaba, la señora Kampf volvía a la carga:

—Si te preguntan algo, Antoinette, tú les dices que nos pasábamos todo el año en el Midi… No hace falta que concretes si en Cannes o en Niza, tú di solo que en el Midi…, a menos que te interroguen, en cuyo caso, mejor Cannes, que es más distinguido… Pero, por supuesto, tu padre tiene razón, lo mejor es callarse. Una chiquilla debe hablar lo menos posible con los mayores.

Y la despachaba con un gesto del brazo desnudo, un poco rollizo, donde brillaba una pulsera de diamantes que su marido acababa de regalarle y que ella solo se quitaba para bañarse. Antoinette recordaba todo aquello vagamente mientras su madre le preguntaba a la inglesa:

—¿Antoinette tiene buena caligrafía, por lo menos?

—*Yes, Mrs. Kampf.*

—¿Por qué? —preguntó tímidamente Antoinette.

—Porque —explicó la señora Kampf— esta noche podrás ayudarme a hacer sobres… Voy a mandar más de doscientas invitaciones, ¿entiendes? Sola no voy a dar abasto… Miss Betty, autorizo a Antoinette a acostarse hoy una hora más tarde de lo habitual… Estarás contenta, supongo —dijo volviéndose hacia su hija.

Pero, como Antoinette callaba, absorta de nuevo en sus pensamientos, la señora Kampf se encogió de hombros.

—Esta niña siempre está en la luna —comentó a media voz—. Un baile, ¿es que no te pone contenta que tus padres celebren un baile? Qué poca sangre tienes, me temo, hija mía —concluyó con un suspiro mientras se alejaba.

II

Aquella noche, Antoinette, a quien la inglesa llevaba a acostarse hacia las nueve, se quedó en el salón con sus padres. Entraba allí tan pocas veces que se quedó contemplando con atención la carpintería blanca y los muebles dorados como quien visita una casa ajena. Su madre le señaló una mesita redonda donde había tinta, plumas y un fajo de cartas y sobres.

—Siéntate ahí. Voy a dictarte las direcciones. ¿Viene usted, querido? —dijo en voz alta mientras se giraba hacia su marido, porque el criado estaba en la sala contigua y hacía unos cuantos meses que los Kampf se trataban de usted delante de él.

Al acercarse el señor Kampf, Rosine le susurró:

—Anda, larga al sirviente, ¿quieres?, me fastidia... —Acto seguido, al sorprender la mirada de Antoinette, se ruborizó

 15

y ordenó con firmeza—: Vamos, Georges, habrá acabado ya, ¿no? Recoja lo que quede y puede subir...

A continuación, se quedaron en silencio los tres clavados en sus sillas. Cuando el criado se hubo marchado, la señora Kampf suspiró.

—A ver, es que detesto a este Georges, no sé por qué. Cuando sirve la mesa y lo noto detrás de mí se me corta el apetito... ¿A qué viene esa sonrisa de boba, Antoinette? Vamos, a trabajar. ¿Tienes la lista de los invitados, Alfred?

—Sí —respondió Kampf—, pero espera, que me quito la chaqueta, tengo calor.

—Sobre todo —dijo su mujer—, que no se quede luego por aquí como la otra vez... Ya me di cuenta, por la cara de Georges y Lucie, que les parecía raro que estuviésemos en el salón en mangas de camisa...

—Me importa un comino la opinión de los criados —gruñó Kampf.

—Pues te equivocas de pleno, amigo mío, son ellos quienes crean las reputaciones parloteando de aquí para allá... Yo no me habría enterado de que la baronesa del tercero... —bajó la voz y susurró unas palabras que Antoinette no logró entender a pesar de sus esfuerzos—... de no ser por Lucie, que estuvo con ella casi tres años...

Kampf se sacó del bolsillo una hoja llena de nombres y tachones.

—Empezamos por la gente que conozco yo, si te parece, Rosine. Escribe, Antoinette. Señor y señora Banyuls. No me sé la dirección, tienes el anuario ahí al lado, irás buscando a medida que...

—Son muy ricos, ¿verdad? —musitó Rosine con respeto.

—Mucho.

—¿Tú... crees que querrán venir? No conozco a la señora Banyuls.

—Yo tampoco. Pero tengo asuntos entre manos con su marido, eso basta... Por lo visto, ella es encantadora, y además ya no es muy bien recibida entre los suyos desde que se mezcló en aquel asunto..., ya sabes, las famosas orgías del Bois de Boulogne, hace dos años...

—Alfred, ojo, la niña...

—Pero si ella no lo entiende. Escribe, Antoinette... En cualquier caso, es una dama de lo mejorcito para comenzar...

—No te olvides de los Ostier —dijo Rosine con energía—, se ve que dan unas fiestas espléndidas...

—El señor y la señora Ostier d'Arrachon, con dos erres, Antoinette... Por esos no pondría la mano en el fuego, querida. Son muy estirados, muy... La mujer, en sus tiempos, fue... —Hizo un gesto.

—¿De veras?

—Sí. Conozco a alguien que la solía ver en una casa de Marsella... Sí, sí, te lo aseguro... Pero de eso hace mucho, casi veinte años; el matrimonio limpió su nombre por completo; recibe a gente de mucha categoría, y es extremadamente exigente para las relaciones... Por norma general, al cabo de diez años, todas las mujeres que han vivido mucho acaban siendo así...

—Dios mío —dijo con un suspiro la señora Kampf—, qué difícil es...

—Hace falta método, querida... Para la primera recepción, la gente es gente, cuanta más mejor... En la segunda o la tercera ya haremos criba... Esta vez tenemos que invitar a diestro y siniestro...

—Pues sí, por lo menos tenemos la seguridad de que vendrán todos... Como alguien decline la invitación, me muero de vergüenza...

Kampf se rio en silencio con una mueca.

—Si algunos declinan la invitación, los volverás a invitar la próxima vez, y la siguiente... ¿Quieres que te diga una cosa? En el fondo, para avanzar en el mundillo solo hay que seguir el espíritu moral de los Evangelios...

—¿Qué?

—Si te dan una bofetada, pon la otra mejilla. El mundo es la mejor escuela de humildad cristiana.

—Me pregunto —dijo la señora Kampf, con aire levemente asombrado— de dónde sacas esas tonterías, amigo mío.

Kampf sonrió.

—Venga, venga, la siguiente... En este trozo de papel verás unas direcciones que solo tienes que transcribir, Antoinette...

La señora Kampf se asomó por detrás de su hija, que escribía sin levantar la frente:

—Es verdad que tiene una letra muy bonita..., muy estilizada... Ahora dime, Alfred, ¿el señor Julien Nassan no es el que estuvo en la cárcel por aquel fraude...?

—¿Nassan? Sí.

—¡Ah! —murmuró Rosine, un poco sorprendida.

Kampf dijo:

—Pero ¿tú de dónde sales? Se rehabilitó, lo reciben en todas partes, es un muchacho adorable y un hombre de negocios de primer orden, ante todo...

—El señor Julien Nassan, 23 bis, avenida Hoche —releyó Antoinette—. ¿Qué más, papá?

—Solo tiene veinticinco años —gimió la señora Kampf—. No vamos a encontrar a doscientas personas, Alfred...

—Que sí, que sí, no empieces a ponerte nerviosa. ¿Dónde está tu lista? Toda la gente que conociste el año pasado en Niza, en Deauville, en Chamonix...

La señora Kampf cogió un cuaderno de la mesa.

—El conde Moïssi, el señor, la señora y la señorita Lévy de Brunelleschi y el marqués de Itcharra: es el gigoló de la señora Lévy, siempre los invitan juntos...

—¿Hay un marido por lo menos? —cuestionó Kampf con aire titubeante.

—Entiendo que son gente bien de verdad. Y también está el marqués, ya ves, tengo cinco... El marqués de Liguès y Hermosa, el marqués... Una cosa, Alfred, ¿habrá que decir los títulos al dirigirse a ellos? Creo que mejor será que sí, ¿verdad? No señor marqués como los criados, claro, sino: querido marqués, mi querida condesa... Si no, los demás no se darán cuenta siquiera de que recibimos a gente con títulos...

—Cómo te gustaría que pudiésemos ponerles una etiqueta en la espalda, ¿eh?

—¡Bah, tú y tus bromas idiotas...! Venga, Antoinette, date prisa copiando todo esto, hijita...

Antoinette escribió un momento, a continuación leyó en voz alta:

—El barón y la baronesa Levinstein-Lévy, el conde y la condesa du Poirier...

—Esos son Abraham y Rebecca Birnbaum, el título lo compraron, qué idiotez hacerse llamar Du Poirier, ¿no...? Ya puestos, yo... —Se quedó absorta en una profunda cavilación—. Conde y condesa Kampf, simplemente, no suena mal —murmuró.

—Espera un poco —aconsejó Kampf—. Hasta dentro de diez años no...

Mientras tanto, Rosine organizaba las tarjetas de visita echadas en desorden en una copa de malaquita ornada con dragones chinos en bronce dorado.

—Aun así, me gustaría saber quién es esta gente —murmuró—. La de tarjetas que me dieron en Año Nuevo... Tengo un fajo de pequeños gigolós a quienes conocí en Deauville.

—Cuantos más, mejor; ocupan sitio, y si van bien vestidos...

—Ay, querido, ¿tú qué crees?, son todos condes, marqueses, vizcondes como mínimo... Pero no acabo de ponerles cara a los nombres... Se parecen todos. Aunque en el fondo da igual; ¿viste lo que hicieron en casa de los Rothwan de Fiesque? Les decían a todos la misma frase exacta: «Me hace tan feliz...» y luego, si una se ve obligada a presentar a dos personas, farfulla los nombres..., nadie se entera de nada... Vamos, Antoinette, pequeña, es un trabajo fácil, las direcciones aparecen en las tarjetas...

—Pero, mamá —interrumpió Antoinette—, esta es la tarjeta del tapicero...

—¿Qué me dices? Enséñamela. Sí, tiene razón; Dios mío, Dios mío, no sé dónde tengo la cabeza, Alfred, te lo juro... ¿Tú cuántas tienes, Antoinette?

—Ciento setenta y dos, mamá.

—¡Uf, menos mal!

Los Kampf soltaron al unísono un suspiro de satisfacción y se miraron sonrientes como dos actores en escena después de una tercera ronda de aplausos, con una expresión a medio camino entre el cansancio feliz y el triunfo.

—No está mal, ¿eh?

Antoinette preguntó con timidez:

—¿Esta... esta señorita Isabelle Cossette no será «mi» señorita Isabelle?

—Pues sí, pero si...

—¡Oh! —exclamó Antoinette—, ¿por qué la invitas?

Enrojeció al instante con violencia, pues presentía el seco «¿te importa?» de su madre, pero la señora Kampf le explicó, incómoda:

—Es muy buena chica... Hay que quedar bien con la gente.

—Es más mala que la quina —protestó Antoinette.

La señorita Isabelle, una prima de los Kampf, profesora de música en varias familias de ricos corredores de bolsa judíos, era una solterona sosa, recta y tiesa como un paraguas; le daba clases de piano y solfeo a Antoinette. Como era tremendamente miope y jamás llevaba quevedos porque se envanecía de unos ojos bastante hermosos y de sus cejas espesas, pegaba a las partituras la larga nariz carnosa, puntiaguda, azul de polvo de arroz, y cuando Antoinette se equivocaba le pegaba con fuerza en los dedos con una regla de ébano plana y dura como ella misma. Era malévola y entrometida como una vieja urraca. El día antes de sus lecciones, Antoinette murmuraba con fervor en sus plegarias nocturnas (su padre se había convertido cuando se casó, y a ella la habían criado en la religión católica): «Dios mío, haz que la señorita Isabelle se muera esta noche».

—La niña tiene razón —señaló Kampf, sorprendido—. ¿Cómo se te ocurre invitar a esa vieja loca? No hay quien la aguante...

La señora Kampf se encogió de hombros, encolerizada.

—¡Bah, no entiendes nada...! ¿Cómo quieres que se entere la familia si no? Dime: ¿te imaginas la cara de la tía Loridon, que me dejó de hablar porque me casé con un judío, y la de Julie Lacombe y el tío Matial, de todos esos familiares que adoptaban un tono protector porque eran más ricos que nosotros, te acuerdas? Pues es muy sencillo: ¡si no invitamos a Isabelle, si no tengo la seguridad de que al día siguiente se morirán de envidia, prefiero no dar ningún baile! Escribe, Antoinette.

—¿Se bailará en los dos salones?

—Por supuesto, y en la galería... Ya sabes que nuestra galería es preciosa... Alquilaré un montón de cestas de flores; verás qué bonita estará esa galería enorme llena de mujeres de punta en blanco y enjoyadas; los hombres, de traje... En casa de los Lévy de Brunelleschi fue un espectáculo mágico. Durante los tangos, lo apagaron todo y dejaron encendidas solo dos grandes lámparas de alabastro en los rincones que daban una luz roja...

—¡Uy!, no me gusta eso, parece una sala de baile.

—Ahora es como se hace en todas partes; a las mujeres les encanta dejarse manosear con música... La cena, cómo no, en mesitas repartidas...

—¿Una barra de bar, quizá, para empezar...?

—No es mala idea... Habrá que romper el hielo cuando lleguen. Podríamos instalar el bar en la habitación de Antoinette. Ella, que duerma en el cuarto ropero o en el trastero del fondo del pasillo; por una noche...

Antoinette se estremeció con violencia. Se había puesto palidísima; murmuró en voz baja y ahogada:

—¿No podría quedarme solo un cuartito de hora?

Un baile. Por Dios, por Dios, ¿sería posible que fuese a tener a dos pasos aquella cosa espléndida que se imaginaba vagamente como una mezcla confusa de música loca, perfumes embriagadores, vestidos despampanantes..., de requiebros amorosos cuchicheados en un tocador apartado, oscuro y fresco como una alcoba..., y estar acostada aquella noche, como todas las noches, a las nueve como un bebé...? A lo mejor los hombres que sabían que los Kampf tenían una hija preguntarían dónde estaba, y su madre respondería con su risita detestable: «Uy, pero si hace mucho que se ha dormido, vaya...». Y, sin embargo, ¿qué mal le hacía a ella que

 24

Antoinette disfrutara también de su parte de felicidad en la tierra...? ¡Ay, Dios mío!, bailar una vez, solo una vez, con un hermoso vestido, como una muchacha de verdad, estrechada entre los brazos de un hombre... Repitió con una especie de osadía desesperada cerrando los ojos, como si apoyase contra su pecho un revólver cargado:

—Solo un cuartito de hora, ¿vale, mamá?

—¿Qué? —exclamó la señora Kampf estupefacta—. ¿Qué has dicho...?

—Ya irás al baile del señor Blanc —dijo el padre.

La señora Kampf se encogió de hombros.

—Decididamente, creo que esta niña está loca...

De pronto, Antoinette gritó con las facciones desencajadas:

—¡Te lo suplico, mamá, te lo suplico...! Tengo catorce años, mamá, ya no soy una niña..., ya sé que la puesta de largo es a los quince años; aparento quince, y el año que viene...

La señora Kampf estalló súbitamente:

—Yo es que no doy crédito —exclamó ronca de cólera—: venir al baile esta cría, esta mocosa, ¡habrase visto...! Espera, que te voy a quitar esas ínfulas de grandeza, hija mía... ¡Ja!, ¿tú te piensas que el año que viene vas a entrar «en el mundo»? Pero ¿quién te ha metido esas ideas en la cabeza? Entérate bien, niña: ahora es cuando empiezo a vivir yo, ¿te enteras?, yo, y no tengo intención de cargar tan pronto con

el incordio de una hija casadera... Te tendría que pegar un tirón de orejas para que se te pasasen las tonterías —prosiguió con el mismo tono haciendo un gesto hacia Antoinette.

Esta retrocedió y palideció aún más; la expresión extraviada, desesperada de sus ojos produjo en Kampf una especie de piedad.

—Venga, déjala. —Y detuvo la mano alzada de Rosine—. La niña está cansada, nerviosa, no sabe lo que dice... Vete a la cama, Antoinette.

Antoinette no se movió; su madre la empujó suavemente por los hombros.

—Vamos, largo, y sin chistar; corre o verás...

Antoinette temblaba de arriba abajo, pero salió lentamente sin derramar una lágrima.

—Menudo encanto —comentó la señora Kampf cuando la niña se hubo ido—; esto promete... Además, yo a su edad era parecida; pero no soy como mi pobre madre, que nunca supo decirme que no a nada... Yo la meteré en vereda, puedes estar seguro...

—Pero si se le pasará durmiendo. Estaba cansada, son las once ya, no tiene costumbre de irse a dormir tan tarde: eso es lo que la ha irritado... Continuemos con la lista, es más interesante —dijo Kampf.

III

En mitad de la noche, un sollozo en el dormitorio contiguo despertó a miss Betty. Encendió la luz, escuchó un momento a través de la pared. Era la primera vez que oía llorar a la niña; por lo general, cuando la señora Kampf la regañaba, Antoinette conseguía aguantarse las lágrimas y no decía nada.

—*What's the matter with you, child? Are you ill?* —preguntó la inglesa.

Los sollozos cesaron de inmediato.

—Supongo que su madre la ha reñido, es por su bien, Anntoinette... Mañana le pide perdón, se dan un abrazo y se acabó; pero a estas horas hay que dormir. ¿Quiere una taza de tila? ¿No? Podría responderme, querida —añadió mientras Antoinette callaba—. *Oh, dear, dear!*, estar de morros queda bien feo en una niña; hace sufrir a su ángel de la guarda.

Antoinette hizo un visaje: «inglesa asquerosa», y tendió hacia la pared sus débiles puños crispados. Egoístas asquerosos, hipócritas, todos, todos... Les daba lo mismo que se asfixiase aquí a oscuras de tanto llorar, que se sintiese desgraciada y sola como un perro perdido...

Nadie la quería, nadie en todo el mundo... Y es que no veían, ciegos como estaban, imbéciles, que ella era mil veces más inteligente, más hermosa, más profunda que todos ellos juntos, que toda esa gente que se atrevía a criarla, educarla... Nuevos ricos patanes, incultos... ¡Ay!, cómo se había reído de ellos toda la tarde, y ellos sin percatarse de nada, claro... Podía llorar o reír delante de sus narices, que ellos no se dignaban a mirarla... Una niña de catorce años, una chiquilla, es algo despreciable e insignificante como un perro... ¿Con qué derecho la mandaban a acostarse, la castigaban, la insultaban? «¡Cómo me gustaría que se muriesen!». Al otro lado de la pared se oía respirar con suavidad a la inglesa, que dormía. Antoinette se echó a llorar de nuevo, pero más bajo, saboreando las lágrimas que se le colaban por las comisuras de la boca y el interior de los labios; de pronto la invadió un extraño placer; por primera vez en su vida, lloró así, sin muecas ni hipidos, en silencio, como una mujer... Más adelante lloraría las mismas lágrimas de amor... Durante largo rato oyó los sollozos que ronroneaban en su pecho como un oleaje profundo y grave sobre el mar..., la boca empapada de lágrimas le sabía a sal y agua... Encendió la lámpara y observó su espejo con curiosidad. Tenía los párpados hinchados, las mejillas rojas y marmoladas. Como si le hubieran dado una azotaina. Estaba fea, fea... Sollozó de nuevo.

«Me gustaría morirme. Dios mío, haz que me muera..., Dios mío, Virgen María, ¿por qué me hicisteis nacer entre esta gente? Castigadlos, os lo suplico... Castigadlos una vez y luego me muero con gusto...».

Hizo una pausa y de pronto dijo en voz alta:

—Es que todo es un chiste, Dios mío, Virgencita, un chiste como los de los buenos padres en los libros y los años felices...

«¡Uy, sí!, ¡los años felices, menudo chiste, eh, menudo chiste!», se repitió rabiosamente mordiéndose las manos con tal fuerza que las notó sangrar bajo los dientes:

—Felices..., felices..., preferiría estar muerta y bajo tierra...

La esclavitud, la cárcel, repetir los mismos gestos cada día a las mismas horas..., levantarse, vestirse..., los vestiditos oscuros, los grandes botines, los calcetines de canalé, tal cual, tal cual como una librea, para que nadie en la calle siguiese con la mirada a esa chiquilla insignificante que pasa... Imbéciles, jamás veréis esta carne en flor, ni estos párpados lisos, intactos, frescos y ojerosos, ni estos bellos ojos espantados, insolentes, que llaman, que desdeñan, que esperan...

Nunca, nunca más... A la espera... Y esta malevolencia... A qué viene esta envidia vergonzosa, desesperada, que corroe el corazón cuando ve pasar a dos enamorados al atardecer que se besan caminando y vacilando despacito, como ebrios... ¿Odio de solterona con catorce años? Sin embargo, sabe bien que ya le llegará el turno; pero falta tanto, no llega nunca, y entretanto, la vida rígida, humillada, las lecciones, la dura disciplina, los gritos de la madre...

«¡Esa mujer, esa mujer que se ha atrevido a amenazarme!».

Dijo deliberadamente en voz alta:

—No se habría atrevido...

Pero recordó la mano levantada.

«Si me llega a tocar, la araño, la muerdo, y luego... siempre se puede escapar una... y para siempre... por la ventana...», pensó, febril.

Y se vio en la acera, tendida, ensangrentada... Adiós al baile del 15... Dirían: «Esta criatura... no podía haber escogido otro día para matarse». Como había dicho su madre: «Quiero vivir yo, yo...». Tal vez, en el fondo, eso era lo que le dolía más... Antoinette no había visto nunca en los ojos maternos esa fría mirada de mujer, de enemiga...

«Egoístas asquerosos; soy yo quien quiere vivir, yo, yo, yo soy joven, yo... Me roban, me están robando mi parte de felicidad en la tierra... ¡Ay, entrar en el baile de milagro y ser la más guapa, la más deslumbrante, los hombres a tus pies!».

Susurró:

—¿La conocéis? Es la señorita Kampf. Quizá no tenga una belleza ordinaria, pero sí un encanto extraordinario..., y es tan fina..., eclipsa a todas las demás, ¿verdad? En cuanto a su madre, a su lado parece una cocinera...

Apoyó la cabeza en la almohada empapada de lágrimas y cerró los ojos; una especie de modorra y voluptuosidad ruin distendieron poco a poco sus extremidades cansadas. Se tocó el cuerpo por encima de la camisa con dedos ligeros, con ternura, con respeto... Bello cuerpo preparado para el amor... Murmuró:

—Quince años, oh, Romeo, la edad de Julieta...

Cuando cumpla los quince, el sabor del mundo cambiará...

IV

Al día siguiente, la señora Kampf no hizo comentario alguno a Antoinette sobre la escenita de la víspera; pero durante todo lo que duró el almuerzo se dedicó a dejarle claro a la hija su mal humor mediante una serie de breves reprimendas en las que era una maestra cuando se enfurecía.

—¿Qué sueñas con esa cara de boba? Cierra la boca, respira por la nariz. Qué cruz para los padres una hija que anda siempre en las nubes... Fíjate en lo que haces, ¿no ves cómo comes? Seguro que has manchado el mantel... ¿Es que no puedes comer como alguien de tu edad? Y no te hagas la indignada, por favor te lo pido, hija mía... Debes aprender a escuchar las observaciones de los demás sin poner esa cara... ¿No te dignas a responder?, ¿te has tragado la lengua? Vaya, ahora lágrimas —prosiguió levantándose y tirando la servilleta encima de la mesa—; mira, prefiero largarme y no verte la cara, tontaza.

Salió dándole un empujón a la puerta. Antoinette y la inglesa se quedaron solas frente a la servilleta arrugada.

—Acábese el postre, Antoinette —le susurró la miss—, que va a llegar tarde a la lección de alemán.

Antoinette, con mano temblorosa, se llevó a la boca el trozo de naranja que acababa de pelar. Se puso a masticar lentamente, con calma, para que el criado, inmóvil detrás de su silla, creyese que le resultaban indiferentes aquellas voces, despreciando a «aquella mujer»; pero, muy a su pesar, se le escapaban lágrimas de entre los párpados hinchados y le caían redondas y brillantes sobre el vestido.

Un poco más tarde, la señora Kampf entró en la sala de estudios; llevaba en la mano el fajo de invitaciones preparadas:

—¿Vas a la lección de piano después de la merienda, Antoinette? Le das a Isabelle su sobre, y usted, miss, lleve el resto a correos.

—*Yes, Mrs. Kampf.*

La oficina de correos estaba llena de gente; miss Betty miró el reloj:

—Ay... No tenemos tiempo, es tarde, pasaré por correos durante su lección, querida —dijo desviando la mirada y con unas mejillas más rojas de lo habitual—. A usted..., a usted le da igual, ¿verdad, querida?

—Sí —murmuró Antoinette.

No añadió nada más; pero, cuando miss Betty, recomendándole que se diese prisa, la dejó frente a la casa donde vivía la señorita Isabelle, Antoinette esperó por un instante escondida tras el vano de la puerta cochera y vio que la inglesa se apresuraba hacia un taxi parado en un rincón de la calle. El coche pasó junto a Antoinette, quien se puso de puntillas y, con curiosidad y temor, echó un vistazo al interior. Pero no vio nada. Se quedó inmóvil un momento mientras seguía con la mirada el taxi que se alejaba.

«Ya pensaba yo que tenía un enamorado... Ahora se estarán besando como en los libros, seguro... Y él le dice: "Te amo". ¿Y ella? Será... ¿su amante?», pensó aún con una especie de vergüenza, de violento desagrado, mezclados con un oscuro sufrimiento. «Libre, sola con un hombre... Qué afortunada es... Irán al Bois, sin duda. Me gustaría que los viese mamá... ¡Ah!, ¡ojalá! —murmuró apretando los puños—, pero no, los enamorados son dichosos..., son felices, están juntos, se besan... El mundo entero está lleno de hombres y mujeres que se aman... ¿Por qué yo no?».

Su cartera escolar colgaba delante de ella balanceándose del brazo. La miró con inquina, soltó un suspiro, dio media vuelta lentamente y cruzó el patio. Llegaba tarde. La señorita

Isabelle diría: «¿Aún no sabes que la puntualidad es el primer deber de una niña bien educada para con sus profesores, Antoinette?».

«Es tonta, es vieja, es fea...», pensó, exasperada.

Proclamó en voz bien alta:

—Buenos días, señorita, mamá me ha retenido; no ha sido culpa mía y me ha dicho que le entregue esto...

Al tenderle el sobre, añadió con una repentina inspiración:

—Y le pide que me deje marcharme cinco minutos antes de lo habitual...

Así a lo mejor podía ver llegar a la miss acompañada.

Pero la señorita Isabelle no la escuchaba. Leía la invitación de la señora Kampf.

Antoinette vio que se le ruborizaban los carrillos colgantes, morenos y resecos.

—¿Cómo? ¿Un baile? ¿Tu madre celebra un baile?

Le dio la vuelta a la tarjeta entre los dedos, y luego se la pasó con disimulo por el dorso de la mano. ¿Estaba grabada o solo impresa? Eso eran como mínimo cuarenta francos de diferencia... Enseguida reconoció el grabado al tacto... Se encogió de hombros, malhumorada. Esos Kampf siempre habían sido de una vanidad y una prodigalidad de locos... En otros tiempos, cuando Rosine trabajaba en el Banco de París (¡y tampoco hacía tanto de eso, Dios mío!), se gastaba la mensualidad entera en ropa..., vestía de seda..., guantes nuevos cada semana... Pero seguro que iba a las casas de citas... Solo esas mujeres tenían suerte... Las demás... Murmuró con amargura:

—Tu madre siempre ha tenido suerte...

«Está rabiando», se dijo Antoinette; le preguntó con una muequita maliciosa:

—Pero vendrá usted, ¿verdad?

—Mira qué te digo: haré lo imposible, porque de verdad que tengo muchas ganas de ver a tu madre —dijo la señorita Isabelle—; pero, por otra parte, aún no sé si podré... Unos amigos, los padres de un alumno, los Gros, Aristide Gros, el antiguo jefe de gabinete, tu padre seguro que ha oído hablar de él, lo conozco de hace muchos años..., me invitaron al teatro y acepté formalmente, ¿entiendes? En fin, intentaré organizarme —concluyó sin concretar más—; pero, en cualquier caso, dile a tu madre que me alegrará, estaré encantada de pasar un rato con ella...

—Bien, señorita.

—Ahora, a trabajar; vamos, siéntate...

Antoinette giró lentamente el taburete de peluche frente al piano. Podría haber dibujado de memoria las manchas y los agujeros de la madera... Empezó con sus escalas. Clavaba la mirada con una lúgubre aplicación en un jarrón encima de la chimenea, pintado de amarillo, negro de polvo por dentro... Jamás una flor... Y aquellas cajitas horrendas cubiertas de conchas marinas en las estanterías... Qué feo, mísero y siniestro era aquel apartamentito negro adonde la arrastraban desde hacía tantos años...

Mientras la señorita Isabelle disponía las partituras, Antoinette giró furtivamente la cabeza hacia la ventana... (Se debía de estar a gusto en el Bois al atardecer, con esos árboles pelados, delicados del invierno y ese cielo blanco como una perla...). Tres veces por semana, todas las semanas, desde hacía seis años... ¿Tendría que ir hasta que muriese?

—Antoinette, Antoinette, ¿cómo pones las manos? Empiézame eso otra vez, por favor... ¿En casa de tu madre habrá mucha gente?

—Creo que mamá ha invitado a doscientas personas.

—¡Ah! ¿Y cree que habrá suficiente espacio? ¿No le da miedo que haga demasiado calor, que estemos demasiado apretujados? Toca más fuerte, Antoinette, ponle nervio; tienes la mano izquierda floja, pequeña... Para la próxima vez, esa escala y el ejercicio número 18 del tercer cuaderno de Czerny...

Las escalas, los ejercicios..., durante meses y meses: *La muerte de Ase,* las *Canciones sin palabras* de Mendelssohn, la barcarola de los *Cuentos de Hoffmann...* Y todo aquello, bajo sus dedos agarrotados de colegiala, se fundía en una especie de clamor informe y estridente...

La señorita Isabelle marcaba con fuerza el tempo con una libreta enrollada en las manos.

—¿Por qué apoyas así los dedos en las teclas? *Staccato, staccato*... ¿Te crees que no veo cómo pones el anular y el meñique? ¿Doscientas personas, dices? ¿Los conoces a todos?

—No.

—¿Y tu madre se pondrá su nuevo vestido rosa de Premet?

—...

—¿Y tú? Asistirás al baile, supongo. ¡Ya eres bastante mayor!

—No lo sé —murmuró Antoinette, con un estremecimiento de dolor.

—Más rápido, más rápido... Mira con qué tempo hay que tocarlo... Un, dos; un, dos; un, dos... Que te duermes, Antoinette. La *suite,* muchachita...

La *suite,* ese pasaje repleto de sostenidos en los que una se equivoca cada dos por tres..., en el apartamento de al lado un bebé que llora... La señorita Isabelle ha encendido una lámpara... Fuera, se ha oscurecido el cielo, encapotado... El reloj de pared suena cuatro veces... Una hora perdida más, sombría, que se le ha escurrido entre los dedos como el agua y que no recuperará jamás... «Me gustaría irme muy lejos o morirme...».

—¿Estás cansada, Antoinette? ¿Ya? A tu edad, yo tocaba seis horas al día... Espera un momento, no vayas tan rápido, qué prisa tienes... ¿A qué hora tengo que ir el 15?

—Lo pone en la tarjeta. A las diez.

—Muy bien. Pero nos vemos antes.

—Sí, señorita...

Fuera, la calle estaba desierta. Antoinette se pegó a la pared y esperó. Al cabo de un momento reconoció las pisadas de miss Betty, que apretaba el paso, cogida del brazo de un hombre. Dio un salto y se plantó entre las piernas de la pareja. Miss Betty soltó un gritito.

—Ay, miss, la espero desde hace más de un cuarto de hora...

Casi le deslumbró el rostro de la miss, tan cambiado que se detuvo un momento como si dudara de que fuese ella. Pero no se fijó en la boquita lastimera, abierta, magullada como una flor abierta a la fuerza; Antoinette miraba con avidez «al hombre».

Era muy joven. Un estudiante. Un colegial, quizá, con el labio superior inflamado por los primeros afeitados..., unos hermosos ojos descarados... Fumaba. Mientras la miss balbuceaba excusas, le dijo tranquilamente en voz alta:

—Preséntame, prima.

—*My cousin,* Ann-toinette —exhaló miss Betty.

Antoinette le tendió la mano. El muchacho soltó una risita, se calló; luego pareció reflexionar y acabó por proponer:

—Os acompaño, ¿no?

Bajaron los tres en silencio la callecita vacía y oscura. El viento soplaba contra la cara de Antoinette con un aire fresco, húmedo de lluvia, como empañado de lágrimas. Aflojó el paso, observó a los enamorados que caminaban delante de ella sin hablar, apretados el uno contra el otro. Qué rápido iban... Se paró. Ni se giraron a mirarla. «Si me aplastase un coche, ¿se enterarían siquiera?», pensó con una singular amargura. Un hombre que pasaba se chocó con ella; Antoinette hizo un movimiento asustado de retroceso. Pero solo era el farolero; vio cómo tocaba las farolas una a una con su larga percha y se encendían de golpe en la noche. Todas aquellas luces parpadeando y vacilando como bujías al viento... De pronto tuvo miedo. Echó a correr con todas sus fuerzas.

Alcanzó a los enamorados delante del puente de Alejandro III. Hablaban muy rápido, muy bajo, las caras muy cerca. Al ver llegar a Antoinette, el chico hizo un gesto de impaciencia. Miss Betty se quedó turbada un momento; luego, invadida por una súbita inspiración, se abrió el abrigo y sacó el fajo de sobres.

—Tenga, querida, las invitaciones de su madre, que aún no he llevado a correos... Vaya rápido hasta ese estanco de ahí, en esa callejuela de la izquierda..., ¿ve la luz? Échalas al buzón. Nosotros la esperamos aquí...

Le puso el paquete en la mano a Antoinette; luego se alejó a toda prisa. En mitad del puente, Antoinette la vio detenerse de nuevo, esperar al chico con la cabeza gacha. Se apoyaron contra el parapeto.

Antoinette no se había movido. Por culpa de la oscuridad, solo veía dos sombras confusas y, alrededor, el Sena negro y lleno de reflejos. Incluso cuando se besaron, más que verlo, adivinó el aflojamiento, aquella especie de caída blanda de dos rostros el uno contra el otro; pero se retorció bruscamente las manos como una mujer celosa... En aquel movimiento, un sobre se le escapó y cayó al suelo. Le entró miedo y lo recogió a toda prisa, y en el mismo instante se avergonzó de aquel miedo: ¿qué?, ¿siempre temblando como una chiquilla? No era digna de ser una mujer. ¿Y aquellos dos venga a besarse? No habían despegado los labios... Se apoderó de ella una especie de vértigo, un deseo salvaje de bravuconería y de mal. Apretando los dientes, cogió todos los sobres, los arrugó entre las manos, los hizo trizas y los tiró juntos al Sena. Durante un buen rato, con el corazón dilatado, los contempló mientras flotaban contra el arco del puente. Y luego el viento acabó por llevárselos río adentro.

V

Antoinette volvía del paseo con la miss, eran casi las seis. Como nadie respondió al timbre, miss Betty golpeó la puerta. Al otro lado oyeron un ruido de muebles arrastrados.

—Deben de estar preparando el vestidor —dijo la inglesa—: el baile es esta noche; me había olvidado, ¿y usted, querida?

Sonrió a Antoinette con un aire temeroso y tierno de complicidad. No obstante, no había vuelto a ver a su joven amante con la niña; pero, desde aquel último encuentro, Antoinette estaba tan taciturna que a la miss la inquietaban su silencio y sus miradas...

El criado abrió la puerta.

La señora Kampf, que vigilaba al electricista en el comedor contiguo, la emprendió con ellas:

 47

—No podíais pasar por la escalera de servicio, ¿no? —les gritó, furiosa—. Veis perfectamente que estamos poniendo los vestidores en el vestíbulo. Ahora tenemos que empezar de nuevo, no acabaremos nunca —prosiguió agarrando una mesa para ayudar al portero y a Georges, que preparaban la sala.

En el comedor y la larga galería que se abría a continuación, seis sirvientes de traje blanco disponían las mesas para cenar. En medio estaba colocado el bufé, todo adornado de flores esplendorosas.

Antoinette quiso entrar en su cuarto; la señora Kampf volvió a gritarle:

—Por ahí no, no vayas por ahí... En tu habitación está el bar, y la suya, miss, también está ocupada; esta noche dormirá en el cuarto ropero, y tú, Antoinette, en el trastero... Está en la otra punta del apartamento, podrás dormir, ni siquiera oirás la música... ¿Qué hace? —le preguntó al electricista, que trabajaba sin prisas, tarareando—. Ya ve que esa bombilla no funciona...

—A ver, hace falta tiempo, señora mía...

Rosine se encogió de hombros con irritación.

—Tiempo, tiempo, y lleva una hora con eso... —murmuró a media voz.

Apretaba violentamente las manos al hablar con un gesto tan idéntico al de Antoinette cuando montaba en cólera que la niña, inmóvil en el umbral, se estremeció de repente como cuando de improviso nos encontramos frente a un espejo.

La señora Kampf iba en bata y pantuflas; la melena deshecha se retorcía como un puñado de serpientes alrededor de su cara encendida. Divisó al florista, quien, con los brazos llenos de rosas, se afanaba por pasar por delante de Antoinette, pegada a la pared.

—Permítame, señorita.

—¡Venga, apártate, vamos! —le vociferó la madre de tal manera que Antoinette reculó, le dio con un codo al hombre y estropeó una rosa—. Mira que eres insoportable. —Y alzó tanto la voz que la cristalería tintineó encima de la mesa—. ¿Qué haces aquí metida entre las piernas de la gente, molestando a todo el mundo? ¡Lárgate! ¡Vete a tu habitación, a tu habitación no, al trastero, adonde te dé la gana; pero que no te vea ni te oiga!

Cuando Antoinette hubo desaparecido, la señora Kampf cruzó a toda prisa el salón comedor y el *office* atestado de cubiteras llenas de hielo para el champán, y llegó al despacho de su marido. Kampf hablaba por teléfono. Antes casi de que colgara, Rosine exclamó:

—Pero ¿qué haces? ¿No te has afeitado?

—¿A las seis? ¡Tú estás loca!

—Primero: son las seis y media, y segundo: pueden surgir imprevistos de última hora, así que más vale estar listos.

—Tú estás loca —repitió él con impaciencia—. Los criados están ahí para lo que surja...

—Me encanta cuando empiezas a hacerte el aristócrata y el señor —contestó ella con un encogimiento de hombros—: «Los criados están ahí...». Guárdate tus modales para los invitados...

Kampf hizo un visaje:

—¡Eh, no empieces a ponerte de los nervios!

—Pero ¿cómo quieres —gritó Rosine con voz lacrimosa—, cómo quieres que no esté de los nervios? ¡La cosa no avanza!, ¡esos criados cansinos no van a acabar nunca! Tengo que estar en todas partes, supervisarlo todo, y llevo tres noches sin dormir; ¡estoy al límite, creo que me voy volver loca...! —Cogió un cenicerito de plata y lo tiró contra el suelo; aquella salida de tono pareció calmarla. Sonrió un poco avergonzada—. Yo no tengo la culpa, Alfred...

Kampf sacudió la cabeza sin responder. Cuando Rosine se marchaba, la llamó:

—Oye, te quería preguntar una cosa: ¿tú no has recibido nada, ninguna respuesta de los invitados?

—No, ¿por qué?

—No sé, me extraña... Me parece mucha casualidad. Quería preguntarle a Barthélemy si había recibido su tarjeta, y hace una semana que no lo veo en la Bolsa... ¿Y si telefoneo?

—¿Ahora? Quedarías como un idiota.

—De todas formas, es muy raro —dijo Kampf.

Su mujer lo interrumpió:

—Bueno, es que responder no se lleva, ¡no hay más! O vienes o no vienes... ¿Y sabes qué? Incluso me gusta... Eso quiere decir que nadie ha pensado en darnos largas... De lo contrario, se habrían excusado, ¿no crees?

Como su marido no contestaba, le preguntó con impaciencia:

—¿No crees, Alfred? ¿Tengo razón? ¡Eh! ¿Qué dices?

Kampf separó los brazos.

—No sé nada... ¿Qué quieres que te diga? Sé lo mismo que tú...

Se miraron un momento en silencio. Rosine suspiró agachando la cabeza.

—¡Ay, Dios mío! Estamos como perdidos, ¿verdad?

—Ya pasará —comentó Kampf.

—Ya lo sé, pero mientras tanto... ¡Ay, si supieses el miedo que tengo! Me gustaría que ya hubiera terminado todo...

—No te pongas nerviosa —repitió Kampf con un hilo de voz. Pero él le daba vueltas entre las manos a su abrecartas con aire ausente. Le recomendó—: Sobre todo, habla lo menos posible..., frases hechas... «Me alegro de verla... Vaya a tomar algo... Hace calor, hace frío...».

—Lo que va a ser terrible —añadió Rosine con tono preocupado— son las presentaciones... Figúrate, toda esa gente a la que solo he visto una vez en la vida, apenas me conozco sus caras... y entre ellos no se conocen, no tienen nada en común...

—Bah, por Dios, ya saldrás del paso. A fin de cuentas, todos pueden ponerse en nuestro lugar, nadie nace enseñado.

—¿Te acuerdas —le preguntó de pronto Rosine— de nuestro apartamentito en la calle Favart? ¿Y de cuánto nos lo pensamos antes de cambiar el diván viejo del comedor, que estaba hecho polvo? Hace cuatro años, y fíjate... —añadió señalando los muebles pesados de bronce que los rodeaban.

—¿Quieres decir —preguntó él— que dentro de cuatro años recibiremos a embajadores y entonces nos acordaremos de cómo temblábamos esta noche porque venían un centenar de buscavidas y vejanconas?

Ella le tapó la mano entre risas.

—¡Calla, anda!

Cuando salía, se chocó con el *maître,* que venía a avisarla sobre los bodegueros: no habían llegado con el champán; el barman creía que no tendría suficiente ginebra para los cócteles.

Rosine se cogió la cabeza entre las manos.

—Estamos listos, lo que faltaba —empezó a gritar—, no me lo podía decir antes, ¿verdad? ¿Dónde quiere que encuentre ginebra a estas horas? Todo está cerrado... y los bodegueros...

—Envíe al chófer, querida —le aconsejó Kampf.

—El chófer se ha ido a comer —respondió Georges.

—¡Cómo no! —exclamó Rosine fuera de sí—, ¡cómo no! Se la trae al pairo... —se contuvo—, le importa poco si lo necesitamos o no, él se larga, ¡el señor se va comer! Ya sé otro a quien le voy a cantar las cuarenta mañana a primera hora —añadió mientras se dirigía a Georges con tal furia que el criado apretó de inmediato los finos labios rasurados.

—Si la señora lo dice por mí... —comenzó.

—Que no, que no, amigo mío, no diga locuras... Se me ha escapado; ya ve que estoy de los nervios —dijo Rosine, y se encogió de hombros—; coja un taxi y vaya enseguida donde Nicolas... Dale dinero, Alfred...

Rosine se precipitó hacia su habitación reorganizando por el camino las flores y recriminando a los criados:

—Este plato de aperitivos está mal colocado, ahí... Enderécele la cola al faisán. ¡Los sándwiches! ¿Son de caviar fresco? No los ponga demasiado adelantados..., todo el mundo se abalanzará sobre ellos. ¿Y las tartaletas de *foie-gras*? ¿A que se han olvidado de las tartaletas de *foie-gras*? ¡Como no esté yo en todo...!

—Si las estamos desempaquetando, señora —dijo el *maître*.

La miraba con una ironía mal disimulada.

«Debo de estar ridícula», pensó de pronto Rosine al percibir en el cristal su cara enrojecida, los ojos extraviados, los labios temblorosos. Pero, como una niña abrumada, no lograba calmarse pese a sus esfuerzos; se encontraba extenuada y al borde de las lágrimas.

Se metió en su habitación.

La doncella colocó sobre la cama el vestido del baile, en lamé plateado, ornado de anchas franjas de perlas, los zapatos que brillaban como joyas, las medias de muselina.

—¿La señora comerá aquí? Serviremos aquí la comida para no mover las mesas, claro...

—No tengo hambre —replicó Rosine, acalorada.

—Como quiera la señora; pero yo ¿puedo irme ya a comer? —preguntó Lucie apretando los labios, porque la señora Kampf la había tenido recosiendo las perlas del vestido que se deshilachaban de las franjas—. Le recuerdo a la señora que son casi las ocho y que las personas no son animales.

—Pues vaya, muchacha, vaya, ¡como si yo la retuviese! —exclamó la señora Kampf.

Cuando estuvo sola se dejó caer en el canapé y cerró los ojos; pero la habitación estaba helada como una cueva: los radiadores de todo el apartamento llevaban apagados desde la mañana. Se puso en pie de nuevo, se acercó al tocador.

«Llevo una facha que da miedo...».

Empezó a maquillarse minuciosamente el rostro; primero una capa espesa de crema que extendió con las dos manos, luego el colorete líquido por las mejillas, el negro en las pestañas, la pequeña línea fina que alargaba los párpados hacia las sienes, los polvos... Se maquillaba con extrema lentitud y de vez en cuando se detenía, cogía el espejo y devoraba con los ojos su imagen con una atención apasionada, ansiosa, y con miradas a un tiempo duras, desconfiadas y taimadas. De golpe se agarró un pelo blanco en la sien entre los dedos; se lo arrancó con una mueca violenta. ¡Ah! ¡La vida estaba mal hecha...! Su rostro de los veinte años..., aquellas mejillas en flor..., y las medias zurcidas, la ropa recolocada... Ahora las joyas, los vestidos, las primeras arrugas..., todo a la vez... Qué prisas había que darse para vivir, por Dios, para complacer a los hombres, para amar... El dinero, la ropa y los coches bonitos, ¿para qué, si no tenías un hombre en la vida, un amante joven y guapo...? Ese amante..., cómo lo había esperado. Había escuchado y seguido a hombres que le hablaban de amor cuando aún era una pobre muchacha, porque iban bien vestidos, tenían unas hermosas manos bien cuidadas... Menudos patanes todos... Pero no había dejado de esperar... Y ahora era la última oportunidad, los últimos años antes de la vejez, la verdadera, sin remedio, la irreparable... Cerró los ojos, imaginó unos labios jóvenes, una mirada ávida y tierna, cargada de deseo...

Tiró la bata precipitadamente, como si corriese al encuentro de su amor, y empezó a vestirse: se enfundó las medias, los zapatos y el vestido con esa agilidad particular de quien lleva toda la vida sin doncella... Las joyas... Tenía un cofrecillo lleno. Kampf dijo que eran la inversión más segura... Se puso su gran collar de perlas de dos hileras, todas las sortijas, brazaletes con diamantes enormes en ambos brazos que le aprisionaban de la muñeca a los codos; luego enganchó en el corpiño un enorme colgante ornado de zafiros, rubíes y esmeraldas. Refulgía, brillaba como un relicario. Retrocedió unos pasos, se miró con una sonrisa alegre... ¡Por fin comenzaba la vida...! A lo mejor aquella misma tarde, ¿quién sabe?

VI

Antoinette y la miss acabaron de cenar en una tabla de planchar abierta entre dos sillas en el cuarto ropero. Al otro lado de la puerta se oía a los criados corriendo en el *office* y un entrechocar de vajilla. Antoinette no se movía, con las manos apretadas entre las rodillas. A las nueve, la miss se miró el reloj.

—Hay que irse ahora mismo a la cama, querida... En el cuartito no oirá la música, dormirá usted bien. —Como Antoinette no respondía, dio unas palmadas riéndose—. Vamos, despierte, Antoinette, ¿qué le ha dado?

La llevó hasta un pequeño trastero mal iluminado donde habían colocado a toda prisa un catre de hierro y dos sillas.

Enfrente, en la otra punta del patio, se distinguían las ventanas brillantes del salón y del comedor.

—Puede usted ver a la gente bailando desde aquí; no hay postigos —bromeó miss Betty.

Cuando se marchó, Antoinette se acercó y pegó la frente contra los cristales ávida y temerosamente; una buena porción de pared aparecía iluminada por la claridad dorada y ardiente de las ventanas. Por detrás de las cortinas de tul pasaban corriendo sombras. Antoinette distinguió con nitidez el ruido de los instrumentos afinando al fondo del salón. Los músicos ya estaban allí... Caray, eran las nueve pasadas... Toda la semana había esperado sumida en la confusión una catástrofe que engulliría el mundo a tiempo para que nada se descubriese; pero la noche transcurría como todas las noches. En un apartamento vecino, un reloj tocó la media hora. Otros treinta minutos, tres cuartos de hora, y luego... Nada, no sucedería nada, sin duda, porque cuando volvieron aquel día del paseo la señora Kampf preguntó abalanzándose sobre la miss con esa impetuosidad suya que sacaba de quicio al instante a la gente nerviosa: «¿Ha echado usted las invitaciones al correo, entonces?, ¿no ha perdido nada, no se ha extraviado nada?, ¿seguro?» y la miss había respondido: «Sí, señora Kampf». Desde luego, ella era la única responsable, ella y nadie más... Y si la despedían, pues tanto peor, bien hecho, así aprendería.

—Me importa un bledo, me importa un bledo —balbuceaba; se mordía las manos con ganas y le sangraban bajo los dientes afilados—. Y la otra, que me haga lo que le dé la

    58

gana, ¡me importa un bledo! —Observó el patio ennegrecido y oscuro bajo la ventana—. Me mataré, y antes de morirme diré que fue por su culpa, toma ya: no le tengo miedo a nada, me vengué de antemano... —murmuró.

Volvió a escrutar; el cristal se empañó bajo sus labios; lo frotó con energía y otra vez pegó la cara. Al final abrió los ojos como platos. La noche era pura y fría. Ahora distinguía a la perfección con aquellos penetrantes ojos suyos de quince años las sillas alineadas a lo largo de la pared, los músicos alrededor de un piano. Se quedó tanto tiempo inmóvil que ya no sentía las mejillas ni los brazos al aire. Por un momento la estupefacción la llevó a pensar que no había pasado nada, que había visto en sueños el puente, las aguas negras del Sena, las tarjetas hechas trizas que volaban al viento, y que los invitados iban a entrar por arte de magia y la fiesta empezaría. Oyó sonar los tres cuartos, y luego diez campanadas... Las diez... Entonces se estremeció y salió del cuarto a hurtadillas. Caminaba hacia el salón como un asesino novato atraído por su escenario del crimen. Cruzó el pasillo, donde dos criados, con la cabeza echada hacia atrás, bebían a morro de unas botellas de champán. Llegó al salón comedor. Estaba desierto, todo preparado, con la gran mesa dispuesta en el centro, repleta de caza, de pescados en gelatina, de ostras en vajilla de plata, ornada de encaje veneciano; las flores unían unos platos a otros y la fruta en dos pirámides idénticas. Alrededor, en los veladores de cuatro y seis cubiertos, brillaban los cristales, la fina porcelana, la plata y el bermellón. Más adelante, Antoinette no logró comprender cómo se había atrevido a cruzar así la enorme sala rutilante. En la entrada del salón vaciló un segundo y entonces descubrió en el tocador contiguo el gran sofá de seda; se puso de rodillas, se incrustó entre el respaldo del mueble y la cortina; tenía el hueco justo para caber hecha un ovillo, y si adelantaba la cabeza veía el salón como un escenario de teatro. Tembló levemente, congelada aún después de tanto rato junto a la ventana abierta. Ahora el apartamento parecía adormecido, en calma, silencioso. Los músicos hablaban en voz baja. Vio al negro con sus dientes brillantes, una dama vestida de seda, unos platillos como una gigantesca caseta en una feria, un violoncelo enorme apoyado en vertical en un rincón. El negro suspiró rozando con la uña una especie de guitarra que resonó y gimió sordamente.

—Cada vez se empieza y se acaba más tarde.

La pianista dijo algo que Antoinette no oyó y que provocó la risa de los demás. Luego entraron de golpe el señor y la señora Kampf.

Cuando Antoinette los vio llegar, se movió como para que se la tragase la tierra; se aplastó contra la pared, la boca clavada en el hueco del codo flexionado; pero oía los pasos que se acercaban. Estaban muy cerca de ella. Kampf se sentó en un sillón frente a Antoinette. Rosine dio una vuelta por el cuarto; encendió la luz, luego apagó las bombillas de la chimenea. Destellaba de diamantes.

—Siéntate —le dijo Kampf en voz baja—, es una idiotez ponerte así...

Ella se colocó de tal manera que Antoinette, que había abierto bien los ojos y adelantado la cabeza hasta tocar con la mejilla la madera del sofá, vio a su madre de pie frente a ella y le chocó una expresión que jamás había visto en aquel rostro imperioso: una especie de humildad, de celo, de espanto...

—Alfred, ¿tú crees que saldrá bien? —le preguntó con una voz pura y temblorosa de chiquilla.

A Alfred no le dio tiempo a responder, porque un timbre resonó de pronto por todo el apartamento.

Rosine se juntó las manos.

—¡Ay, Dios mío, que comienza! —susurró, como si se tratase de un temblor de tierra.

Se lanzaron ambos hacia la puerta del salón, abierta de par en par.

Al cabo de un instante, Antoinette los vio volver, escoltando a la señorita Isabelle, que hablaba muy alto, también con una voz diferente, poco habitual, alta y aguda, con pequeños estallidos de risa que picoteaban sus frases como garcetas.

 61

«Me había olvidado de esta», pensó Antoinette horrorizada.

La señora Kampf, ahora radiante, hablaba sin cesar; había recuperado su cara arrogante y jovial; lanzaba miraditas maliciosas a su marido mientras le señalaba furtivamente el vestido de la señorita Isabelle, en tul amarillo, con una boa de plumas alrededor del largo cuello reseco que no dejaba de atormentar manoseándola a dos manos como el abanico de Celimena; le colgaban unos anteojos de plata del extremo del rombo de terciopelo naranja que le rodeaba la muñeca.

—¿No conocía esta sala, Isabelle?

—Pues no, es muy bonita, ¿quién se la ha amueblado? ¡Oh, es arrebatadora, con esos jarroncitos! Anda, ¿le sigue gustando ese estilo japonés, Rosine? Yo siempre lo defiendo; se lo decía el otro día a los Bloch-Lévy, los Salomon, ¿los conoce?, que lo tildaban de superficial y típico de «nuevo rico» (según su expresión).

»Digan lo que quieran ustedes, pero es alegre, es vivo y, además, que sea más barato que el Luis XV, por ejemplo, no es un defecto; más bien al contrario...

—Pero está usted completamente equivocada: el chino antiguo y el japonés alcanzan unos precios de locos... Ese jarroncito con pájaros...

—Muy a la última...

—Mi marido pagó por él mil francos en el Hôtel Drouot... ¿Qué digo? Diez mil francos, doce mil, ¿verdad, Alfred? ¡Uy, la que monté!, pero no me duró; a mí también me encanta rebuscar piezas, es mi pasión.

Se oyó a Kampf:

—Tomarán un vaso de oporto, ¿verdad, señoras? Tráigalo —le dijo a Georges, que entraba con tres vasos de oporto Sandeman y sándwiches, sándwiches de caviar...

Como la señorita Isabelle se había alejado y examinaba con los anteojos un buda dorado sobre un cojín de terciopelo, la señora Kampf cuchicheó:

—¿Sándwiches? Tú estás loco, ¡no voy a estropear la mesa por esta! Georges, traiga pastas secas en la cestita de Sajonia, en la cestita de Sajonia, ¿me ha oído?

—Sí, señora.

Regresó al rato con una bandeja y la garrafilla de Baccarat. Bebieron los tres. Luego la señora Kampf y la señorita Isabelle se sentaron en el sofá detrás del que se escondía Antoinette. Estirando la mano, podría haber tocado los zapatos plateados de su madre y los escarpines de satén amarillo de su profesora. Kampf se paseaba de aquí para allá echando miradas furtivas al reloj de pared.

—Cuéntenme un poco, ¿quién viene esta noche? —preguntó la señorita Isabelle.

—¡Oh! —exclamó Rosine—, un puñado de gente encantadora, también unos pocos que peinan canas, como la anciana marquesa de San Palacio, a quien he de reconocerle su cortesía; y es que le gusta tanto venir... La vi ayer, que tenía que marcharse; me dijo: «Querida, he retrasado ocho días mi viaje al Midi por culpa de su velada: se divierte una tanto en casa de ustedes...».

—Ah, ¿ya habían celebrado bailes antes? —preguntó la señorita Isabelle frunciendo los labios.

—No, no —se apresuró a decir la señora Kampf—, un simple té; no la invité a usted porque sé que durante el día está ocupadísima...

—Sí, en efecto; por otro lado, tengo pensado dar conciertos el año que viene...

—¿En serio? ¡Pero esa es una idea excelente!

Se callaron. La señorita Isabelle examinó una vez más las paredes de la estancia.

—Es precioso, precioso de veras, qué buen gusto...

Se hizo de nuevo el silencio. Las dos mujeres tosieron. Rosine se alisó el pelo. La señorita Isabelle se recolocó la falda con minuciosidad.

—Qué buen tiempo está haciendo últimamente, ¿verdad que sí?

Kampf intervino de improviso:

—Bueno, no vamos a quedarnos así de brazos cruzados, ¿no? De todas formas, ¡sí que llega tarde la gente! Puso usted a las diez en las tarjetas, ¿verdad, Rosine?

—Veo que he llegado antes de tiempo.

—Qué va, querida, ¿qué dice usted? Llegar tan tarde es una costumbre terrible, deplorable...

—Propongo un turno de baile —dijo Kampf, y aplaudió con jovialidad.

—Por supuesto, ¡muy buena idea! Pueden comenzar a tocar —gritó la señorita Kampf hacia la orquesta—: un charlestón.

—¿Baila usted el charlestón, Isabelle?

—Pues sí, un poquito, como todo el mundo...

—Perfecto, no le van a faltar bailarines. El marqués de Itcharra, por ejemplo, yerno del embajador de España, gana todos los premios de Deauville, ¿verdad, Rosine? Abramos el baile entretanto.

Se alejaron y la orquesta mugió en el salón desierto. Antoinette vio que la señora Kampf se levantaba, corría hacia la ventana y pegaba (también ella, pensó Antoinette) la cara a los cristales fríos. El reloj de pared tocó las diez y media.

—Dios mío, Dios mío, pero ¿qué hacen? —susurró la señora Kampf agitada—; que el diablo se lleve a esta vieja loca —añadió casi en voz alta.

Y acto seguido aplaudió y gritó riendo:

—¡Ja, fenomenal, fenomenal! No sabía yo que bailara tan bien, Isabelle.

—Pero si baila como Josephine Baker —añadió Kampf desde la otra punta del salón.

Al terminar el baile, Kampf voceó:

—Rosine, me llevo a Isabelle al bar, no te pongas celosa.

—Pero ¿usted no nos acompaña, querida?

—Enseguida, con permiso, doy unas órdenes a los criados y voy...

—Rosine, te advierto que pienso flirtear con Isabelle toda la velada.

La señora Kampf encontró fuerzas para reírse y amenazarlos con el dedo; pero no pronunció ni una palabra, y nada más quedarse sola se abalanzó de nuevo a la ventana. Se oían los coches que subían la avenida; algunos disminuían la marcha frente a la casa; entonces, la señora Kampf se asomaba y devoraba con los ojos la calle negra de invierno, pero los coches se alejaban, el ruido del motor se debilitaba, se perdía en las sombras. Además, a medida que transcurrían las horas, los vehículos cada vez eran menos, y durante largos ratos no se oía ni un sonido en la avenida desierta como en provincias; solo el retumbar de un tranvía en una calle cercana y el claxon lejano, atenuado por la distancia...

A Rosine le castañeteaban los dientes como presa de una fiebre. En el salón vacío sonaba el golpeteo apresurado de un reloj de mesa de timbre argentino, vivo y claro; el del comedor le respondía, insistía, y, desde el otro lado de la calle, un gran reloj en el frontispicio de una iglesia palpitaba lenta y gravemente cada vez más fuerte a medida que pasaban las horas.

—Nueve, diez, once —exclamó la señora Kampf con desesperación, y levantó al cielo los brazos llenos de diamantes—; pero ¿qué pasa? ¿Pero qué ha pasado, por Dios y la Virgen?

Alfred volvió con Isabelle; se miraron los tres en silencio.

La señora Kampf soltó una risita nerviosa.

—Es un poco extraño, ¿verdad? Espero que no haya pasado nada...

—Bah, querida, ¡como no haya habido un terremoto...! —dijo la señorita Isabelle en tono triunfal.

Pero la señora Kampf no se rendía aún. Dijo, mientras jugueteaba con sus perlas, aunque con la voz enronquecida de angustia:

—Ah, eso no quiere decir nada; figúrese que el otro día estaba en casa de mi amiga la condesa de Brunelleschi: los primeros invitados empezaron a llegar a las doce menos cuarto de la noche. O sea que...

—Para la señora de la casa es un fastidio —murmuró la señorita Isabelle con suavidad.

—Bah, es... es cuestión de acostumbrarse, ¿no?

En aquel instante retumbó un timbrazo. Alfred y Rosine se precipitaron hacia la puerta.

—Toquen —gritó Rosine a los músicos.

Estos atacaron un *blues* con energía. No venía nadie. Rosine no aguantó más. Llamó:

—Georges, Georges, han llamado, ¿no lo ha oído?

—Son los cubitos de hielo que han traído de Rey.

La señora Kampf estalló:

—¡Yo os digo que ha pasado algo, un accidente, un malentendido, un error de fecha, de hora, no sé! Las once y diez —dijo—, son las once y diez —repitió desesperada.

—¿Las once y diez ya? —exclamó la señorita Isabelle—; pues es verdad, tiene razón, el tiempo pasa rápido con ustedes, los felicito... Creo que son y cuarto, incluso, ¿oyen cómo suenan?

—¡Bueno, pues ahora ya no tardarán en llegar! —dijo Kampf con voz potente.

De nuevo se sentaron los tres; pero ya no hablaban. Oían a los criados reír a carcajadas en el *office.*

—Ve a mandarlos callar, Alfred —lo urgió Rosine con voz temblorosa de furor—. ¡Ve!

A las once y media apareció la pianista.

—¿Tenemos que esperar más rato, señora?

—No, ¡váyanse, váyanse todos! —gritó bruscamente Rosine, que parecía estar a punto de sufrir un ataque de nervios—: ¡Les pagamos y se pueden ir! No habrá baile, no habrá nada: ¡esto es una ofensa, un insulto, un golpe tramado por enemigos para ridiculizarnos, para matarme! Si viene alguien ahora, ya no quiero verlo, ¿os enteráis? —continuó, con violencia creciente—. Les decís que me he marchado, que tenemos un enfermo en casa, un muerto, ¡lo que queráis!

La señorita Isabelle se apresuró a intervenir:

—A ver, querida, aún hay esperanzas. No se torture así, se va a poner enferma... Por supuesto, comprendo lo que debe estar sufriendo, querida, mi pobre amiga, pero el mundo es tan malvado, ¡ay...! Debería decirle algo, Alfred, hacerle algún mimo, consolarla...

—¡Cuánto teatro! —silbó Kampf entre dientes, con la cara demudada—. ¿Se callará de una vez?

—A ver, Alfred, no grite; caricias es lo que...

—Vamos, ¡que haga el ridículo si quiere! —Giró sobre los talones de golpe e interpeló a los músicos—: ¿Qué hacen todavía aquí? ¿Cuánto se les debe? Y largo de inmediato, maldita sea...

La señorita Isabelle recogió su boa de plumas, sus anteojos y su bolso.

—Será mejor que me retire, Alfred, a menos que pueda serles útil en lo que sea, mi pobre amigo...

Como no le respondían, se agachó, le dio un beso en la frente a Rosine, inmóvil, que ya ni lloraba y miraba al vacío con ojos fijos y secos.

—Adiós, querida, créame que estoy desesperada, que lo siento en el alma —susurró maquinalmente, como en el cementerio—. No, no, no me acompañe, Alfred, me voy, me

voy, ya me voy, llore tranquila, mi pobre amiga, eso alivia —le soltó aún con todas sus fuerzas en medio del salón desierto.

Alfred y Rosine la oyeron decir a los criados mientras cruzaba el comedor:

—Sobre todo, no hagan ruido; la señora está muy nerviosa, muy afectada.

Y, por último, el zumbido del ascensor y el choque sordo de la puerta cochera abierta y vuelta a cerrar.

—Vieja arpía —murmuró Kampf—; si por lo menos...

No terminó la frase. Rosine se puso en pie de pronto, la cara bañada de lágrimas, y lo señaló con un dedo mientras le gritaba:

—¡Has sido tú, imbécil, es culpa tuya, es tu asquerosa vanidad, tu orgullo de pavo real, es por tu culpa...! ¡El señor quiere celebrar un baile! ¡Recibir! ¡Es que es para morirse de risa! Pero, a ver, ¿tú te crees que la gente no sabe quién eres, de dónde sales? ¡Nuevo rico! Te han tomado el pelo pero bien, tus amigos, ¿eh?, ¡tus amiguitos, ladrones, estafadores!

—¡Y los tuyos, tus condes, tus marqueses, tus gigolós!

Siguieron gritándose, un aluvión de palabras a bocajarro, violentas, derramadas como un torrente. Luego Kampf, apretando los dientes, dijo más bajo:

—Cuando te recogí ya tenías tus tiros pegados, ¡a saber dónde y cuántos! ¡Te crees que no sé nada, que no he visto nada! Pensé que eras guapa, inteligente, que si me hacía rico estarías a la altura... Me equivoqué, claro, menudo chasco: modales groseros, una vieja con modales de cocinera...

—Otros no se quejaron...

—Ya supongo, pero no me des detalles. Mañana te arrepentirías...

—¿Mañana? ¿Te crees que me voy a quedar aquí contigo después de lo que me has dicho? ¡Burro!

—¡Lárgate! ¡Que te zurzan!

Kampf se fue dando portazos.

Rosine lo llamó:

—¡Alfred, vuelve!

Y esperó con la cabeza girada hacia el salón, sin aliento, pero él ya estaba lejos... Bajó las escaleras. En la calle, su voz furiosa gritó unas cuantas veces: «Taxi, taxi...», luego se alejó y se quebró al doblar una esquina.

Los criados habían subido dejando por donde pasaban las luces encendidas, las puertas abiertas... Rosine no se movía, con su vestido brillante y sus perlas, derrumbada en el hueco de un sillón.

De pronto hizo un movimiento impetuoso tan vivo y repentino que Antoinette se estremeció y, al retroceder, se dio con la frente en la pared. Se agazapó aún más, temblorosa; pero su madre no había oído nada. Se arrancó los brazaletes uno tras otro y los fue tirando al suelo. Uno, precioso y pesado, ornado de diamantes enormes, rodó bajo el sofá hasta los pies de Antoinette. Antoinette observaba como clavada en el sitio.

Vio la cara de su madre, las lágrimas chorreaban mezclándose con el maquillaje, una cara arrugada, una mueca, enrojecida, infantil, cómica..., conmovedora... Pero Antoinette no se sentía conmovida; lo único que experimentaba era una especie de desdén, de desprecio indiferente. Más adelante le diría a un hombre: «Uy, yo era una chiquilla tremenda, ¿sabe? Figúrese que una vez...». De golpe se sintió rica en porvenir, rica en fuerza juvenil intacta, en capacidad de pensar: «¿Cómo se puede llorar así por eso...? ¿Y el amor? ¿Y la muerte? Un día se va a morir... ¿Es que lo ha olvidado?».

Entonces, ¿también los mayores sufren por cosas fútiles y pasajeras? Y ella, Antoinette, los había temido, había temblado ante ellos, ante sus gritos, sus enfados, sus vanas y absurdas amenazas... Salió con cuidado de su escondrijo. Por un momento, disimulada entre las sombras, aún contempló a su madre, que no sollozaba, pero se había quedado encogida, dejando que las lágrimas le chorreasen hasta la boca sin secárselas. Entonces se puso en pie y se acercó.

La señora Kampf dio un brinco en su asiento.

—¿Qué quieres?, ¿qué haces aquí? —gritó de los nervios—. ¡Vete, vete ahora mismo! ¡Déjame en paz! ¡Ahora no puedo estar tranquila en mi propia casa!

Antoinette, algo pálida, no se movía, con la cabeza gacha. Aquellas vociferaciones le sonaban débiles y privadas de su potencia, como un trueno de teatro. Un día, muy pronto, le diría a un hombre: «Mamá pondrá el grito en el cielo, pero peor para ella...».

Adelantó con suavidad la mano, la posó en la melena de su madre, la acarició con dedos ligeros, un poco temblorosos.

—Mi pobre mamá...

Una vez más, Rosine, con gesto maquinal, se debatió, la rechazó, sacudió la cara convulsa:

—Déjame, vete... Que me dejes, te digo... —Y acto seguido una expresión débil, derrotada y penosa cruzó su semblante—. ¡Ay, mi pobre hija, mi pequeña Antoinette!, tú sí que eres feliz; tú no sabes aún lo injusto que es el mundo, lo malvado y pérfido que es... Esa gente que me sonreía, que me invitaba, se reía de mí a mis espaldas, me menospreciaba por no pertenecer a su mundo, ese atajo de canallas, de... Pero no lo puedes entender, ¡mi pobre niña! ¡Y tu padre...! ¡Ay, mira, solo te tengo a ti...! —concluyó de pronto—, solo te tengo a ti, mi pobre hijita... —La abrazó. Como aplastó contra sus perlas aquella carita muda, no la vio sonreír. Dijo—: Eres buena hija, Antoinette...

Era el instante, el relámpago escurridizo en el que ambas se cruzaban «en el camino de la vida», y una iba a subir y otra se iba a hundir en la sombra. Pero ellas no lo sabían. Sin embargo, Antoinette repitió en voz baja:

—Mi pobre mamá...

París, 1928

Irène Némirovsky

11 de febrero 1903, Kiev – 17 de agosto 1942,
campo de concentración de Auschwitz

La vida y la muerte de Irène Némirovsky estuvieron marcadas por el antisemitismo. Nació en Kiev, con el nombre de Irina Lvivna Nemirovska. Su padre era un acaudalado banquero judío y su madre nunca le prestó la debida atención. A raíz de la Revolución rusa, la familia tuvo que exiliarse a Francia. Tras graduarse en la Sorbona, Irène comenzó su carrera literaria y se casó con el banquero Michel Epstein.

El baile (1930), que contiene muchos elementos autobiográficos, fue su mayor éxito en vida y fue incluso llevada al cine. No obstante, ni la fama de la autora ni la conversión del matrimonio al catolicismo bastaron para obtener la nacionalidad francesa. Deportados al campo de concentración de Auschwitz, Irène falleció de tifus y su marido fue gaseado. Aún habrían de pasar cincuenta años para que sus hijas descubrieran y editaran el manuscrito del relato autobiográfico de Irène bajo el régimen de Vichy, *Suite francesa,* acaso su obra más representativa y estremecedora.